ILUSTRAÇÕES
Ziraldo

ENTRE COBRAS E LAGARTOS

TEXTO
GuTo Lins

RIO DE JANEIRO, 2024

Organização
Instituto Ziraldo / Adriana Lins
Projeto gráfico e Coordenação de conteúdo
Guto Lins e Adriana Lins
Tratamento de imagem
Instituto Ziraldo / Roberta Rosman
Coordenação de acervo
Instituto Ziraldo / Cristiana Siqueira

CIP-BRASIL. CATALOGAÇÃO NA PUBLICAÇÃO
SINDICATO NACIONAL DOS EDITORES DE LIVROS, RJ

Z69e

    Ziraldo, 1932-2024
      Entre cobras e lagartos / Ziraldo, Guto Lins ; ilustração Ziraldo. - 1. ed. - Rio de Janeiro : Reco-Reco, 2024.

      ISBN 978-65-85954-20-4

      1. Ficção. 2. Literatura infantojuvenil brasileira. I. Lins, Guto. II. Título.

24-92365   CDD: 808.899282
                            CDU: 82-93(81)

Gabriela Faray Ferreira Lopes - Bibliotecária - CRB-7/6643

Copyright
Texto: Guto Lins
www.gutolins.com.br
Ilustrações: Ziraldo Alves Pinto
www.ziraldo.com.br
@instituto_ziraldo

Texto revisado segundo o Acordo Ortográfico da Língua Portuguesa de 1990.

Todos os direitos reservados.
Não é permitida a reprodução total ou parcial desta obra, por quaisquer meios, sem a prévia autorização por escrito da Editora.

Direitos exclusivos desta edição reservados pela Reco-Reco,
selo do Grupo Editorial Record.
Rua Argentina, 171 – Rio de Janeiro, RJ – 20921-380 – Tel.: (21) 2585-2000.

Seja um leitor preferencial Record.
Cadastre-se no site www.record.com.br
e receba informações sobre nossos
lançamentos e nossas promoções.

Atendimento e venda direta ao leitor:
sac@record.com.br

ILUSTRAÇÕES
Ziraldo

E

TEXTO
GuTo Lins

No princípio era o S, e já o desenho da letra S guardava a saudade da serpente que sabe-se lá quem desenhou numa parede de pedra. Numa rocha milenar, antes de os primeiros humanos se espreguiçarem e se espalharem pelo mundo.

Vou contar um segredo aqui: estive dezenove vezes na China, desde a província de Yunnan até a ponta bem lá no fim do país, onde a província de Heilongjiang faz cócegas na Coreia. Ouvi algumas coisas sobre esses seres de *Entre cobras e lagartos* que o amigo Guto examina tão poeticamente neste livro, e que o nosso mestre Ziraldo desenhou como ninguém em diversos momentos de sua vida. O nome desses seres em mandarim é 龍. Se pronuncia Lóng.

Se o mandarim é uma das línguas da China, que seja uma língua bifurcada para dizer o nome destes seres magníficos. Os chineses se orgulham de serem filhos de Lóng, e as esculturas mais antigas traziam até uma trança apoiada sobre o pescoço, representando a cauda de Lóng, sua mágica espinha dorsal. Então abramos este livro proibido, de tão mágico, e deixemos que Ziraldo e Guto nos hipnotizem como a grande cobra píton Kaa hipnotiza o menino Mowgli em *O livro da selva,* do escritor Rudyard Kipling.

Não preciso dizer que sou fã do Guto Lins e do Ziraldo. Fã de carteirinha, como se dizia no Jurássico, quando as cobras surgiram em nosso planeta. Mestre maior, Ziraldo dizia ser um dinossauro. Sabia que os dinossauros nasceram no Brasil? E no Triássico, não no Jurássico. O nosso dinossauro brasileiro uma vez disse que acabou de me criar, eu concordo: todo artista do mundo quer no seu DNA essa serpente da invenção do Mestre Zira. Então, depois de ler esta apresentação que eu faço com todo o carinho do mundo, corra para folhear logo as páginas de *Entre cobras e lagartos.* Mas vou logo avisando, este é um livro perigoso demais: depois das palavras do Guto nesta obra-prima, depois do trabalho minucioso das arqueólogas do Instituto Ziraldo, duvido que você não vire um 龍.

ROGER MELLO

Era uma vez uma cobra
que tinha "s" de sobra.

Não era uma cobra só.

Sabida, sabichona, sensata, sincera,
sofisticada, sonhadora, sociável,
se achava simplesmente sensacional.

Mas era solitária.

Tentava se mostrar simpática e solidária, mas espantava todos sem querer. Herdou uma fama que assustava toda a bicharada.

A fama começou de forma um tanto surpreendente, com uma prima distante que gostava de distribuir maçãs do amor e acabou expulsa do paraíso.

Vejam só que injustiça.

Outras parentes que vieram depois
ao longo da história
até sentiram o sabor da amizade,
porém a situação sempre saía do controle
e a culpa terminava sobrando
para alguma delas.

Nem sempre foi assim.
Na Grécia Antiga, ela era
o símbolo da renovação
e da transformação.

Até chegou a se sentir superior,
mas foi tudo em vão:
mesmo sendo associada
à cura e à medicina,
continuou sendo maldita
por línguas venenosas.

Pura inveja.

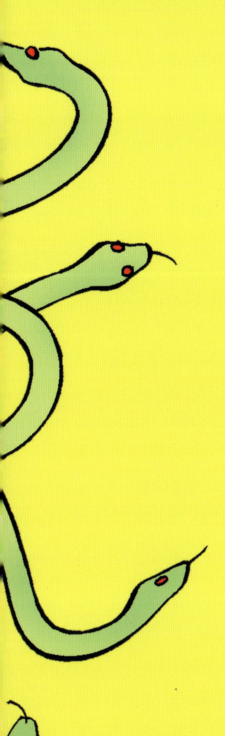

Houve momentos
em que seus ancestrais
tiveram amizades sinceras.

A Medusa, por exemplo,
chegou a fazer um
penteado especial em sua
homenagem, mas não
teve muita sorte e acabou
perdendo a cabeça para
um tal de Perseu.

Na Índia,
seus amigos tocavam flauta
para que ela dançasse,
encantando a todos.

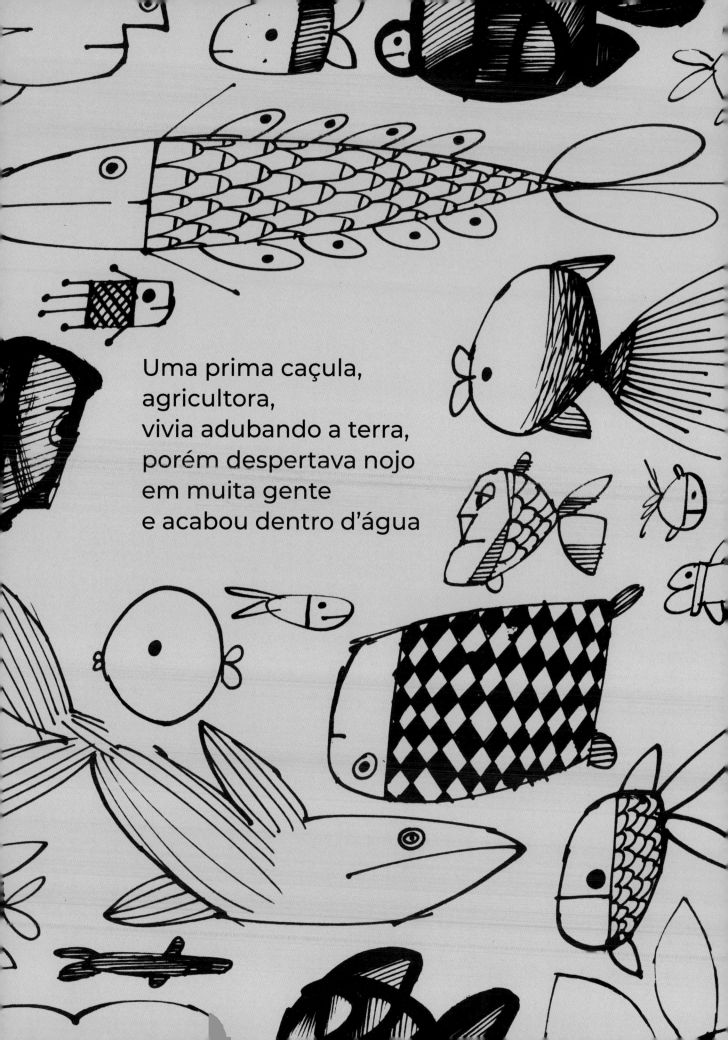

Uma prima caçula,
agricultora,
vivia adubando a terra,
porém despertava nojo
em muita gente
e acabou dentro d'água

virando comida pra peixe.

Chegou a ouvir falar
de uma parente distante
que até fez sucesso
após uma metamorfose
que a transformou
em destaque de escola de samba.

Mas não a conheceu de fato.

Só por foto.

Mesmo assim,
muitos continuam recusando
o seu abraço apertado.

Como nunca era convidada para festas, buscava se disfarçar e chegar de surpresa.

O susto era tanto que até as risadas saíam correndo.

Um dia, porém, estava ela rastejando
saltitante pelo brejo quando foi
sacudida pela passagem
sorrateira de algo que lhe pareceu
uma cobra sem cabeça,
bem maior que ela.

Perseguindo sua curiosidade,
percebeu que não era uma cobra,
e sim a cauda de um grande jacaré,
que também ficou de queixo caído
quando seus olhos se cruzaram.
Os sorrisos iluminaram tudo ao redor.

Dizem que dessa união nasceu um dragão,

mas...
pode ser lenda...

Será?

Era uma vez um sonho que nasceu, como muitos outros, numa prancheta de desenho cercada de tintas, pincéis e livros. Muitos livros! Uma verdadeira fábrica de sonhos.

Mas esse sonho nasceu compartilhado. Eu e meu ídolo queríamos fazer um livro juntos, um livro "ao contrário", com as ilustrações dando origem ao texto.

Hoje, o Instituto Ziraldo habita a mesma fábrica, imerso no universo desse semeador de incontáveis sonhos materializados ao longo de 70 anos de trabalho. Ali, onde o Rio Doce deságua na Lagoa Rodrigo de Freitas, existe uma mina de diamantes. Vários já transformados em joias que brilham na memória de muita gente.

O garimpo feito em gavetas e envelopes revelou também preciosos fragmentos brilhantes e uma boa quantidade de poeira cósmica trazida por um astronauta que veio da Lua. Uma descoberta que fez o garimpeiro aqui se sentir capaz de realizar aquele sonho que nasceu lá atrás, entre tintas e pincéis.

Agora percebo o que Ziraldo sempre soube: assim como os diamantes, os sonhos não morrem jamais. Eles viram livros.

GUTO LINS

Fotos: acervo Guto Lins

As imagens que aqui estão, entre cobras e lagartos, fazem parte do acervo do Instituto Ziraldo. Acervo que vem se estruturando, desde 2019, na preservação, organização e divulgação da obra criada por Ziraldo ao longo de seus 90 anos de vida.

São ilustrações feitas por Ziraldo em diferentes épocas, para imprensa, literatura ou campanhas institucionais. Um pequeno painel da diversidade do traço e da atemporalidade de suas ideias.

Todas juntas oferecem a oportunidade de uma viagem no tempo, tendo como guia o bom humor, uma das grandes características de Ziraldo.

"LER PARA IR ALÉM DA LEITURA"

Capa e página 18
Ilustração feita originalmente para a revista *Playboy* (19–)

Páginas 1 e 48 e fundo 36-37
Ilustração do banco de imagens IZ

Página 6
Ilustração do banco de imagens IZ

Página 9
Ilustração para o livro *O bichinho do caju*, projeto escolar da República de Moçambique, 1996

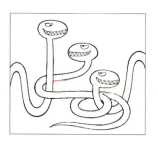

Páginas 10-11 e 4ª capa
Ilustração do banco de imagens IZ

Página 12
Ilustração do banco de imagens IZ

Página 15
Ilustração feita originalmente para o livro *De fora da Arca*, de Ana Maria Machado (Ed. Salamandra, 1996)

Páginas 16-17
Ilustração (estudo) para a capa da atividade pedagógica *Ih! Entrei na história errada!* (Ed. Educacional, 2012)

Página 20
Ilustração feita originalmente para o livro *De fora da Arca*, de Ana Maria Machado (Ed. Salamandra, 1996)

Página 23
Ilustração do banco de imagens IZ

Páginas 24-25
Ilustração publicada na cartilha *Em busca de João e Maria* (Prefeitura de Salvador, Secr. Municipal de Educação e Cultura, 2004)

Pagina 27
Ilustração feita originalmente para o jornal *O Pasquim*

Página 28
Ilustração feita originalmente para o jornal *O Pasquim*

Página 29
Parte da ilustração feita originalmente para o livro *Bichos, bicho!*, de Ciça (FTD, 1986)

Página 29
Ilustração feita originalmente para a campanha McLanche Feliz (2004)

Página 30
Parte da ilustração feita originalmente para o livro *O fazedor de amanhecer*, de Manoel de Barros (Ed. Salamandra, 2001)

Página 31
Ilustração feita originalmente para a campanha McLanche Feliz (2004)

Página 33
Ilustração feita originalmente para o jornal *O Pasquim* (1969)

Página 34
Base de ilustração feita originalmente para o *Jornal do Brasil* (197–)

Página 35
Ilustração do banco de imagens IZ

Páginas 36-37
Ilustração feita originalmente para a campanha McLanche Feliz (2004)

Páginas 38-39
Ilustração feita originalmente para o livro *De fora da Arca*, de Ana Maria Machado (Ed. Salamandra, 1996)

Página 40
Ilustração feita originalmente para o livro *De fora da Arca*, de Ana Maria Machado (Ed. Salamandra, 1996)

Página 45
Detalhe de tela pintada para a exposição Ziraldo na Tela Grande, CCBB-Rio de Janeiro (2010)
Reprodução: Ah! Fotografia

47

Este livro foi composto nas tipografias Montsserrat, Khinoor, Yoan, Ziraldo Irregular e Bodoni 72 e impresso em papel couché matte 150 g/m² na Gráfica Plena Print.